KB071152

마디풀

책 만 드 는 집 시 인 선 0 8 7

마디풀

이
수
자

시
집

책만드는집

유난히 뜨거웠던 올여름
모두가 숨을 죽였다
하지만 나에게 있어
더위보다 더한
짐 하나를 내려놓기 위해
내면의 땀을 닦아내야 했다

서툰 목소리
거친 발성으로
첫 시조집을 엮어낸다

어느새 가을이 물들어 가고 있음을 느낀다

－ 2016년 9월 끝자락
이수자

| 차례 |

2부   일몰에 서다

3부 일탈

4부　텃밭 일기장

5부   벽화 그리는 아파트

1부

커피 자판기

커피 자판기

철 대문 꼭꼭 잠근 길가의 네모난 집
표정도 없는 얼굴 하늘빛도 수상하다
우울한 오늘 암호는 동전 혹은 지폐다

그 집의 초인종은 언제나 경쾌하다
목줄을 타고 넘다 울컥 멎는 응어리로
진갈색 전율이 인다 보고 싶다 문득 네가

날끼 세운 겨울바람 채 써는 삶 행간 앞에
손끝을 데워가는 일회용 따끈함이
어둠은 도시의 새벽을 가뿐가뿐 엎는다

연필로 시 쓰는 밤

향기가 진동한다 눅눅한 숲 속이다
동굴 저 밑바닥서 꿈꾸며 묻힌 화석
타다 만 나무의 영혼 검은 뼈가 보인다

백악기 증언하려 다문 입 말문 트고
책상 위 알록달록 페인팅한 알몸들
누군가 문 열어주길 숨 고르기 하고 있다

밤눈이 등을 달고 사락사락 내리고 있다
첫새벽 들녘 온통 A4지를 깔아놓고
그 위를 밟아서 가는 발자국의 의미들

산수유 마을

겨우내 엄마 닭이 품어준 병아리 떼
봄 햇살 앞세우고 통통통 조르르르
산촌이 노랗게 온통 삐악삐악거린다

자벌레 성자

태풍이 휩쓸고 간 뒤 더듬듯이 산책 나온
굽은 등 자질하며 허공을 가늠한다
몇 번을 허리 꺾어야 머물 곳에 이를까

무리 속 고개 내민 완장 같은 명예도
쓰일 곳 없는 생각 경계마저 허물어놓고
오로지 멀고 짧음을 맘에 두지 않는다

저더러 왜 사느냐 물어보지 말란다
하루해 있을 동안 어디든 가야 한다는
비췻빛 가을 하늘에 담시 한 줄 쓰고 있다

옥수수

걸리고 업고 안고 나들잇길 나선 아낙
볕 쨍쨍 내리쬐는 따가움도 마다 않고
뭐 그리 좋은 일 있어 하얀 옥니 내보이나

마디풀

하늘로 손을 뻗어 한 뼘 한 뼘 다가간다
쪽방촌 모서리 잠 눈곱등 밝혀놓고
밤이면 바람의 경전 온몸으로 읽는다

깨어진 거울 조각 달로 뜬 시장 골목
끈 풀린 안전화가 밥집 문 들어설 때
얼떨결 TV 화면에 부고 같은 김 씨 뉴스

빗물 괸 웅덩이마다 기름띠로 둘린 무지개
뚝뚝 잘린 마디들이 신음하는 시간 앞에
풀뿌리 아픔을 딛고 새살 밀어 올린다

불청객

초파일
대웅전에
날아든 똥파리 한 마리

부처님
코밑에서
소원 싹싹 빌어대더니

재채기
벼락 호통에
쫓겨나고 말았다

무인도

일 나간 엄마 오길
기다리다 잠든 아이

뒤채는 꿈결에서
자꾸자꾸 불러댄다

통통배
달려오는 소리에
번쩍 눈뜬 아침 해

소녀상

회색빛 하늘을 인 단발머리 소녀 있다
옷고름 나풀대며 발꿈치도 들린 맨발
얼음빛 눈발 파편이 문신을 뜨고 있다

나 먼저 누가 와서 털신을 두고 갔나
꽁꽁 언 설움 앞에 바쳐진 꽃 한 다발
동공에 성에가 끼고 입술마저 파리하다

우리 집 정원에다 화살나무 심어야겠다
짓밟힌 달빛 역사 전설 될 수 없다는
고막을 울린 저 외침 방패 되어 다가온다

은행알

금고 속 동전들은
갑갑하고 답답하여

가을날 몰래몰래
나무 위 올라가서

노숙자 지날 때마다
금화 툭툭 안긴다

틀니

지난날 잃어버린 식복을 되찾던 날

할머니 크게 한번 하하하 웃으신다

효자가 따로 없다며 거울 보고 또 웃고

잡초밭

몇 년째 묵힌 농지 자연은 어찌 알고
씀바귀 쇠뜨기풀 뿌리 내린 억척 질경이
원래의 자기네 땅을 돌려받고 있었다

밟지 마라 함부로 예쁜 등불 꺼질라
영역을 지키느라 펄쩍 뛰는 금개구리
보라색 문양을 새긴 자운영이 흔들린다

인터넷

핵보다 더 무서운

최신종 바이러스

광마우스 지시 따라

허둥대는 인간 군상

손안의

금단현상에

밤이 실종되었다

2부
일몰에 서다

일몰에 서다

붉은 밑줄 그은 지평 커튼 같은 노을 속
은빛 날개 상처 안고 고니는 날고 있다
쓰라린 울음도 꾸우꾸 복숭앗빛에 물들어

떠나간 사랑 함께 마르지 않은 흔적까지도
외마디 불러내어 아낌없이 칠해간다
강물에 뭉갠 채색을 하늘길 열어주고

손안에 느껴오는 종이 커피 온기처럼
또 하루 마감재로 서녘을 바라보면
채우다 비운 그리움 별로 총총 돋는다

저녁 벌교

호미손이 캐어내는 알이 찬 효자 꼬막
뻘 배에 한 짐 가득 놀빛마저 싣고 나면
안테나 세운 방게도 제집 찾아 돌아간다

황태

대관령 덕장에서 오도 가도 못한 명태
미라가 되어갈 때 간 맞추는 왕소금 눈
매서운 칼날 바람이 터진 곳을 꿰맨다

설익은 세상 소문 고독으로 숙성시켜
허리께 통증쯤은 두어 번 툭툭 치고
파열음 내리는 저녁 붉게 취한 눈빛들

엊저녁 폭음으로 생목 올라 뒤챈 아침
방망이질 아내 성화 주독을 다스리는
뜨끈한 북엇국 한 그릇 쓰린 속을 데운다

우도

이 섬엔
소도 검고
바람도 시커멓다
땅콩도
검어 있고
톳나물 몽돌까지
하지만
그곳 사람들
소를 닮아 희고 순한

이명耳鳴

여름도 지났는데 밤낮 매미 울어댄다
방 하나 잘못 내어 쿵쿵쿵 소음까지
계속된 불면 앞에서 이러지도 저러지도

느닷없이 굴속으로 KTX가 달아난다
세상의 소리란 소리 휘익 말아 쥐고
채반에 검불 거르듯 지판 흔들어놓는다

이 동네 정서는 참 못 말리는 것뿐이다
도깨비바늘 달라붙듯 그와의 불편한 동거
베란다 유리창 화판에 별 서넛 앉힌다

담쟁이

오늘도 인간 거미
푸른 절벽을 오른다

목 적실 물 한 모금
딛고 설 틈 없지만

발밑엔
아득한 천길
결코 끈 놓지 않는

노동의 새벽바람
밧줄을 흔들어대도

지갑 속 가족사진
환히 웃는 응원에

힘겨운

촉수를 세워
넝쿨넝쿨 뻗어간다

소나기

찜통에
쏟아붓는 시원한 빗줄기를

한 그릇
설렁설렁 국수발로 건져내어

양념도
하지 않은 채 배부르게 먹는다

반구대

수천 년
물속에서
잠만 자던
바위그림
떡 감던
아이들이
그 보물
건져내어
울산의
자랑거리를
지구촌에
알렸대요

여행

달력 속 동그라미 마음 졸여 기다린 날
대낮도 긴 밤 같아 뒤척였던 생각들을
한순간 떨쳐내고서 낯선 곳을 향했다

우물 안 개구리는 눈 크게 껌벅였다
가도 가도 줄지 않는 지구촌 별천지에
겁 많은 아이가 되어 다시 세상 태어났다

푸른 이끼 앉힌 세월 앙코르 부처바위
천년 천년 흘러가도 잃지 않는 미소 보며
내 몸도 그를 닮으려 검은 버섯 핀 듯했다

막걸리

사랑싸움 누룩 빚고 화해로 고두밥 짓고

한 삼십 년 뽀글뽀글 숙성시킨 푸른곰팡이

파전을 곁들인 술상 장맛비가 현絃 고른다

뺑덕 타령

간다 간다 칸 지가 수삼 년 지났어도
풀고 싼 보따리가 심봉사 겁만 줬네
눈뜨면 입버릇처럼 되뇌이던 푸념만

반쯤 갔다 돌아오면 다 저리 허풍인가
지 맘에 안 들 때는 잘잘잘 천날 만날
진짜로 가는 사람은 말도 없이 간다는데

팔푼이 아니라도 억 하면 눈치채고
저리도 치맛단을 어찌 휘휘 돌리는지
알 것은 다 알 만한데 뺑덕어멈 돼가나

읍내장

닷새마다
와글와글
흙바닥 시골 장터
채소 파는
할매 앞에
소똥 툭툭 떨궈놓고
뱅뱅뱅
회오리바람
티끌 쓸어놓는다

장 담그는 날

왕소금 자리 펴고 들앉힌 메주 형제
손 없는 정월 말날 전통 혼례 치른다
액막이 숯 고추 엮어 항아리에 둘린다

구들장 슬슬 끓듯 베란다 볕이 들면
입에 문 흰 꼬까지 사랑놀이 끝이 없고
진국이 밤처럼 검어 날 새는 줄 모른다

장독대 반들반들 윤내던 시집살이
어머니 숨 고르던 장맛 같은 세월 가도
빛바랜 종갓집 뒤뜰 감나무에 까치 운다

3부
일탈

일탈

발 묶인 일상을 풀고 꽃씨처럼 날고 싶다
밤낮 울어대는 손안의 폰 내쳐두고
허허한 벌판에 서서 바람이라도 되고 싶다

눈 감은 길안내기 숱한 인연도 지우고
달팽이 촉수 세우듯 생각의 느낌만으로
쭈욱쭉 뻗은 고속도로 무한 질주 중이다

뒷거울에 자꾸자꾸 잡아끄는 일상들
가는 곳곳 정지신호 방책을 둘러놓고
이쯤서 돌아가란 듯 감시 카메라 눈 흘긴다

유랑의 길복에서 어쩌면 나를 위해
무쇠솥 하늘에 걸고 쌀을 씻는 별빛 무리
주린 배 움켜쥐고서 흠흠 밥 냄새 맡는다

갓바위*

첫새벽 등에 업고

절벽 끝 밟고 서면

돌갓 쓴 부처바위

실눈을 번쩍 뜨고

뭐하러

올라왔냐고 바람 매로 내리친다

* 대구 팔공산 정상에 있는 돌갓을 쓴 부처상.

눈꽃 열차

인화한
흑백사진
차창마다
새로 단다

상고대
순록 떼가
설원 향해
달려오면

탄성을
순간 포착한
퍽퍽 터진
겨울 햇살

청소

집 안
여기저기
자리 메운 잡동사니
쓰인 적
한번 없이
먼지 수북 쌓여 있다
비우지
못한 내 마음
그가 대신 말한 듯

민달팽이

맨땅에 빗방울이 물 장작 태우던 날
따닥따닥 소리 내며 뿌연 연기 피워내고
그 속을 우산도 없이 앞만 보고 가는 집시

떡 버틴 빌딩 외벽 올라가려 하지만
매번 주르르르 미끄럼만 타는 나날
뒤안길 돌아 나오며 가등 밑에 잠든다

뼈 시린 꿈길에서 환청으로 들린 떴다방
유혹을 뿌리치고 하늘 한번 올려다보면
도심의 처마 밑으로 비만 줄줄 새고 있다

나무

어느 날 너는 내게 긴 설렘 안겨줬다
그리움 불러내어 초록 편지 쓰게 하고
삐삐 쫑 고운 목소리 나의 잠을 깨웠다

가을날 나뭇잎은 내 영혼의 시작 노트
갈색의 커피 향기 불면을 적셔갈 때
온몸에 열꽃이 숭숭 단풍처럼 고왔다

모두가 떠난 자리 몰려온 겨울바람
조금씩 흔들리며 고독을 다진 끝에
딛고 선 아픔도 고와 햇살 묻은 봄이 왔다

풍경 風磬

처마 밑 들락대며 자리 잡은 하늘 금붕어

솔바람 목탁 소리 밤낮 익혀 득음했는지

저 혼자 댕강거리며 고요의 바다 가고 있다

링거 꽂은 나무

호스를 꽂은 채 누워 있는 식물 있다
잔뿌리 반쯤 잘려 화분에 옮겨진 몸
노모는 안간힘으로 눕혔다가 앉혔다가

한동안 눈만 멀뚱 벽만 빤히 쳐다본다
아무런 생각 없이 흙이 되고 싶다는 듯
아가야 칠백 년 만에 깨어난 씨앗 있단다

커튼을 쳐야겠다 창밖을 보지 마라
목련은 제 스스로 흰 가운 갈아입을 뿐
아직은 싸한 잎샘이 재채기 불러온다

눈사태

붕괴된
잿빛 하늘
세상이 실종됐다

한 폭 캔버스에
뭘 그릴까 망설이다

집 잃은
멧새 한 마리
곁가지에 앉힌다

시집가는 날

혼삿날 받아놓고

짚어간 달력 앞에

봄 소풍 설렘 같은

잠을 설친 큰딸 아이

흙 마당 내딛는 순간

석류꽃 툭 떨어진다

시인

나는 운명적으로 시에 갇혀 살아간다
밤낮 잠수 탄 너를 찾아내지 못하고
인터넷 바다에 풍덩 빠져들기 일쑤다

어떨 땐 詩라는 게 참 싱겁고 시시하다
맵고 짠 생각들을 머리로 버무리다 보면
혀끝에 감치는 맛이 놀랍고도 신기한

손금 안 지류를 따라 거슬러 올라간다
어머니 깊은 자궁 맥놀이가 퍼져와서
난바다 그 끝을 잡고 반짝이라 하신다

거미

어머니 물레 잣던 그 손길 더듬는다
어설픈 방적돌기 요람을 엮어놓고
뻥 뚫린 하늘 창틀에 새 유리를 끼운다

식솔 멘 가장 어깨 깎아지른 절벽 딛고
허공 속 외줄 내려 맨몸 던져 넣는 시간
칼날 든 돌풍은 점점 근간마저 흔들어

풀벌레 울음으로 조심조심 유인한 달
턱 괴는 세상 근심 생의 내력 읽어가면
유혹이 덫이라는 걸 매복으로 말한다

첫 휴가

훈련소 대열 속에
눈 붉혔던 아들 녀석

발걸음 잡아끌어
돌아본 일 엊그젠데

얼떨결
필승 구호에
산이 움찔거린다

4부

텃밭 일기장

텃밭 일기장

밑줄 그은 이랑이랑 분변토 텃밭 공책
파종한 촘촘 글씨 꼬맹이들 눈을 뜬다
엄마 젖 물리고 있는 소물소물 초록 봄비

쑥쑥 큰 고추 상추, 헉헉댄 염천炎天에도
오이 연필 움켜쥐고 받아쓰기하는 뻐꾸기
별무늬 호박꽃 자주 벌과 윙윙 밀애한다

그늘로 베를 짜는 덩굴 아래 다가서면
새벽녘 이슬 구슬 미끄럼틀 타고 논다
어머니 파도 주름에 꿰고 있는 벌레 울음

문신

어디에 살더라도 날 잃지 않으려고

깊숙이 새겨놓은 샛별 같은 복점 하나

엄마가 주신 선물 중 마음 아린 정이다

못줄 잡다가

떠가는 구름 뭉실 무논에 가둬놓고
꽃 매듭 긴 못줄이 가로세로 만든 손거울
그 속을 들여다보면 검정 고무신 보인다

초록 창틀 너머로 운동장 한 귀퉁이
느티나무 그늘 아래 고무줄놀이 하는 애들
어디로 다 날아가서 둥지 틀고 사는지

볍씨 같은 세상 애기 총총 별로 뿌려진 밤
지나던 바람 자락 머리를 헹궈 간다
갑자기 카톡 소리에 보고 싶다 짝꿍이

한낮에

조용한 틈을 타서
담 넘는 감나무 가지

그림자 일렁거려
퍼뜩 눈뜬 복실이가

사방을 두리번대다
다시 잠을 청한다

호계장*

때깔 좋은 부추 몇 단 산초도 조금 있고
무임으로 빌려 쓰는 장마당 구석진 곳
촌 할매 오가는 발길 눈빛 도장 찍고 있다

간이역 경적 소리 하품하는 오후 두 시
되새김 누렁소가 베이스 길게 넣고
각설이 가위질 철컹 늘인 시간 떼어낸다

그게 뭔기요? 마른 소똥처럼 생겼네
이거 묵었다 카면 밤잠 못 잔다 아이가
마 여기 왔다 카므는 한 개 빼고 다 있제

인정도 볼에 탱탱 단풍 물 드는 파장
흠흠댄 검둥이도 눈치 보다 달아나고
커튼을 치는 저녁놀 땅거미 스멀댄다

* 울산 북구 호계동 장날.

65

금연

딩동딩동 씩씩대며
문 앞에 선 위층 새댁

보나 마나 숨어 피운
남편의 담배 연기

내일이
또 오늘 되고 오늘이 내일 되고

공책

첫 장을 넘겨놓고 오늘 할 일 적어본다
손자가 아장아장 햇볕 딛다 넘어졌고
초록빛 가꾸던 연필, 심이 툭툭 부러졌다

지난여름 장맛비에 쑤욱 빠진 담장 돌
찬 바람 숭숭 들어 치아가 시려온다
내일엔 모든 일 접고 치과 문턱 넘어야 하나

뒤채는 방 안 가득 불면의 긴 그림자
축축한 생각들을 장장이 말려가면
창틀을 넘어온 달빛 초침 소리 읽고 있다

꽃샘추위

거봐 감기 걸린다고
밖에 가지 말랬잖아

얼굴이 홍당무로
달아오른 아기 진달래

양지에 웅크려 앉아
종일 기침해댄다

오늘에게

나에게 또 하루를 선물한 이 누군가
채 써는 초침으로 티끌 된 시간 앞에
생각의 양념 버무려 가만가만 먹는다

추억 따윈 목에 한낱 둘러진 치장이다
미지의 내일이란 안개 속 미로일 뿐
풀숲에 벌레들마저 왠지 바삐 울어댄다

쓸모없는 것이란 세상에 하나 없고
물줄기 고삐 잡고 어디론가 흘러가면
어느덧 안식처에서 차 한잔을 들겠다

유모차

백일에 선물했던
손주 놈 꽃 유모차

할머니 아기 되어
놀이하듯 끌고 가네

힘겹게
걸어온 한생
뒤뚱이는 뒷모습

할매의 겨울

"더버라 더버라꼬 카다가 인자 칩다"
옆집 할매 혼자서 구시렁구시렁
첫추위 문턱을 넘자 여름 생각 절로 절로

할매의 고집처럼 떼를 쓰는 시린 바람
문틈 사이사이 바늘구멍 찾아들어
웅크린 몸속에 솔솔 더부살이하겠단다

꽃 피는 날

꽃들의 반란이다 송송 맺힌 봉오리들
시샘의 바람 손이 툭툭 치는 날들 앞에
저것 봐 반쯤 열린 입술 붉은 잇몸 드러낸다

그렇지 내 젊음의 낡은 책장 갈피에도
박제된 사랑 무늬 그날 물빛 안고 있다
못다 쓴 생인손 연서 아쉬움을 말하듯

사춘기

눈 내린 이 엄동에 너는 왜 느닷없이

수굿한 꽃을 피워 어찌할 줄 모르니

멧새가 날아간 하늘 눈빛조차 시리다

5부
벽화 그리는 아파트

벽화 그리는 아파트

낱말 퀴즈 빈칸 속에 정답 채워나가듯
원고지 한 칸 한 칸 불빛이 들어온다
쭉정이 다 털어내고 탈고로 남은 등대

누수의 물방울 소리 깊은 생각 깨우고 있다
칠 벗겨진 낡은 벽에 무늬 옷 입혀가며
내 몸피 살 발라내어 뼛속까지 젖게 하는

창창한 아침 햇살 뒤틀린 팔다리 펴서
뽀송한 삶의 의미 구름 몇 점 함께 넌다
상쾌한 바람이 와서 요람 자꾸 흔들고

달팽이

세상의
신기함을 메모하며
길을 간다

홀쭉한
배낭 속엔 유럽 지도
한 장뿐

일찍이
비운 자만의
평화로운 여유다

저문 시월

울 만치 울고 난 뒤 탁 트인 쪽빛 하늘
수채화 물감 칠한 잎사귀 팔랑인다
마음속 원고지 칸칸 시어는 들어앉고

책 읽던 귀뚜리도 어디론가 숨어버리고
시나브로 활을 들어 산을 넘는 높새바람
여남은 단조 몇 소절 은빛 억새 현絃을 켠다

먼 길 가는 쇠기러기 허기나 채우란 듯
가을 달 한 접시를 능선 위 올려놓고
까치가 떠난 둥지에 소원 비는 회화나무

어떤 침묵

해 넘긴
달력하며
벽시계도 멈춘 그곳

마을로
가는 길이
반쯤 휘어 졸고 있다

유모차
끌던 할머니
오다 말고 돌아서는

기상이변

꽃! 이름을 부르자 한참에 몰려나와
머리띠 졸라매고 구호를 외치고 있다
이대로 살 수 없다며 반성문을 받겠다는

봄 여름 가을 겨울 사계절 명찰 떼어내고
공룡의 입속에서 뿜어져 나온 거대 불길
매캐한 연기가 난다 바삭바삭 목젖 탄다

겨울 숲

산울림
떠난 숲에 미사가 있나 보다

축복의
가지마다 촛불을 켜는 밤눈

둥지 안
산새도 빼꼼 자주 밖을 넘보고

석류石榴

느지막이 시집가며 혼수품 트집하던
돌담에 기대서서 입 삐쭉이 됐던 고모
두 볼에 찍었던 연지 놀빛만큼 붉었다

마음 문 열어보렴, 이미 챙겨주었잖니
허리춤 복주머니 홍보석 가득한걸
눈빛 정 주고도 남을 가을 햇살 있음을

이제는 너무 좋아 황홀경에 빠져들고
간간히 웃는 모습 참 고와라 이쁜 너
하늘도 명주 한 필을 감물 들여놓았다

겨울 떼까마귀

올해도
군무 공연 무대는 막 올랐다

대숲을
배경으로 하늘 폭폭 찢어놓고

내 잘못
아니라면서 까왁까왁 다툰다

양귀비

대궁 끝 나풀나풀
금빛 일별 유혹하는

불나비 놓은 덫에
오가도 못한 그때

무얼까 나도 취해서
빠져들고 싶어져

비잉빙 하늘 돈다
무지개 쌍무지개

헛발질 자꾸자꾸
공중으로 붕붕 뜨는

한바탕 회오리바람
쑥대밭이 되었다

분꽃

감나무 그늘에서
신방 차린 소꿉 유년
연지 곤지 바른다며
꽃씨 빨던 너는 아직
해마다 분단장해도
돌아올 줄 모르네

동빼기

잔칫집 다녀오며 옆걸음한 아버지
양복 쏙 차려입고 눌러앉은 점방에서
멍석 위 뛰는 말馬 보며 도야 모야 외친다

저당 잡힌 시간 앞에 널브러진 귀갓길
꽃단장 촉새 할매 막걸리 개평 뜯고
오늘의 한판 운명은 종지 속에 숨었다

아들딸 자랑만큼 이마에 골은 깊어
역전의 환한 윷판 인생도 뒤집기라는
취기 돈 감잎 틈새로 저녁 별이 돋는다

아들

딩동댕 뜬금없이 표시등 뜨는 소리

터치해 열어보니 "돈 없음" 딱 세 글자

잘 있니? 묻는 문자에 "야식 먹음" 네 글자

봄, 수우도

늦겨울 자리 털고 봄 바다 깨운 황소
벼랑 끝 동백꽃은 입술 붉게 칠해간다
뱃고동 울릴 적마다
검둥개 꼬리 치고

코 싸한 꽃샘잎샘 팽팽히 마주 앉아
바둑판 마늘밭에 초록 집 지어간다
푸드득 정적을 깨며
솟아오른 비단 장끼

배낭 속 과자 봉지 제물로 차려놓고
은박산 봉우리에 소원 하나 빌어본나
졸다가 눈뜬 고깃배
서둘러 오고 있다

동심과 해학이 빚어낸 맑고 환한
시편들이 주는 즐거움과 깊이

이경철 **문학평론가**

"금고 속 동전들은 / 갑갑하고 답답하여 // 가을날 몰래몰래 / 나무 위 올라가서 // 노숙자 지날 때마다 / 금화 툭툭 안긴다"(「은행알」 전문)

이수자 시인의 첫 시집 『마디풀』은 맑고 환하고 즐겁다. 근심 많고 뜻 모를 우리네 인생도 시편들을 읽다 보면 그냥 환하게 깊어진다. 소외되고 왜곡되고 부당한 우리네 사람살이나 사회도 그냥 밝아지기만 한다. 아무런 이유도 없이 근심 걱정 다 내려놓고 밝디밝은 시 세계에 빠져들게 한다.

우주 순항의 도道, 그것의 판박이인 우리네 순수한 마

음으로 삶과 사회와 세상을 보고 그대로 시를 쓰기 때문이다. 머리 아프게 시를 짜 맞추지 않고 세상과 마음을 있는 그대로 보여주기 때문이다. 우리 민족의 핏줄에 연연히 이어져 내려온 시조 정형의 틀에 편안히 안겨 있으면서도 운율이나 시상을 자연스레 펼치고 있기에 『마디풀』은 이리 밝고 편안하게 시 읽기의 즐거움과 깊이를 준다.

이런 이수자 시인의 시 세계를 두루 잘 보여준다고 생각해 이 해설 프롤로그식으로 맨 위에 올린 「은행알」 먼저 감상해보시라. 시의 발상에서부터 우선 동시풍, 어린이의 천진스러운 마음이 그대로 들어오지 않는가. 어린이처럼 맑고 밝고 즐거운 마음이 노숙자 등 우리 사회의 어두운 구석에 환한 햇살을 비추지 않는가. 그러나 이 세상을 다 살아보지 못한 어린이들은 쓸 수 없는, 구차한 설명 없이도 누구든 금방 알아챌 수 있는 인생과 사회사, 혹은 시적인 경륜도 묻어나지 않는가. 거기에 3장 6구 시조 정형에 들어 있어 편안하게, 그러면서도 운율과 구성을 아주 자연스럽고 매끄럽게 펼치며 45자 내외의 짧은 시편에 보여줄 세상과 마음을 그대로, 즐겁게 다 보여주고 있지 않는가.

삿된 생각 없이 천진스러운 동심이 이끌고 있는 시편들

어린이날 무렵이면 어린이 시화전 심사를 하곤 한다. 전국 초등학생 수백 명이 보낸 동시와 그림을 쭉 훑어볼 때면 즐겁고 행복하다. 맑고 밝은 색감, 그림이 돼가는 형태와 꼭 그만한 수준의 동시들을 보며 나도 모르게 그런 천진난만의 세계로 빠져드니 어찌 아니 기쁘겠는가.

그런 천진스러운 동시화를 보며 "시詩는 사무사思無邪"란 말이 절로 떠올랐다. 저 상고시대인 주나라 때 항간에서 널리 불리던 민요들을 모아 『시경詩經』을 펴내며, 공자는 "삿된, 사특한 생각이 들어 있지 않은 게 시"라고 한마디로 잘라 말했다. 아이들은 시를 부러 짓거나 꾸미지 않는다. 그들의 생각과 느낌 그대로를 행과 연을 나눠 보여 줄 뿐이다.

공자는 또 『논어』에서 "술이부작述而不作"이라 했다. 역사 등을 기술할 때 "쓰기만 할 뿐 짓지는 않는다"라는 이 말을 나는 시에도 그대로 쓰고 싶다. 아이들이 쓴 동시처럼 마음, 생각, 느낌을 있는 그대로 전하면 될 뿐 더 높고 깊고 넓고 아름답게 보이려 부러 꾸미지는 말라고. 우리가 배워 익힌 갖가지 시 창작법 역시 사무사요, 술이부작에 이르기 위한 사다리, 방편일 뿐, 이르면 치워버려야 할

것들 아니겠는가.

> 겨우내 엄마 닭이 품어준 병아리 떼
> 봄 햇살 앞세우고 통통통 조르르르
> 산촌이 노랗게 온통 삐악삐악거린다
> ―「산수유 마을」 전문

　제목처럼 산수유꽃을 병아리 떼로 보고 있는 이 시는 그대로 동시로 읽어도 좋을 만큼 천진스럽다. 막 피어오르는 산수유꽃 천지를 촉각, 시각, 청각 등 온몸의 감각을 동원해 묘사하고 있어 참 역동적으로 읽힌다.

　무엇보다 그렇게 보아내는 천진스럽고 자연스러운 마음이 산수유꽃과 병아리와 시인을 따뜻하게 한 가족처럼 품어주고 있어 편안하다. 자꾸 달아나려고만 하며 장황해지는 자유시에 비해 시조라는 정형이 위 단시조처럼 시상을 편안하게 품어주듯이. 이처럼 이수자 시인은 삿된 생각 없이 동심처럼 천진하게 대상을 들여다보며 있는 그대로, 느낀 그대로의 세상을 묘사해 보여준다.

　"수천 년 / 물속에서 / 잠만 자던 / 바위그림 / 멱 감던 / 아이들이 / 그 보물 / 건져내어 / 울산의 / 자랑거리를 / 지구촌에 / 알렸대요"

한 음보를 한 행씩으로 나눈 「반구대」 전문이다. 이렇게 행을 바꿈으로써 반구대 발굴 사실을 또박또박 알리는 어린이 화자의 어투를 그대로 드러내 동시조로 읽히게 했다. 발가벗고 멱 감고 뛰어노는 천진스러운 마음이 고래잡이 그림을 그린 저 원시시대 마음도 그대로 자랑스레 잡아내고 있는 것이다. 우리네 본디 마음이야 때 되면 해 뜨고 달이 뜨는 저 우주 운항처럼 어디 변할 리 있겠는가.

"일 나간 엄마 오길 / 기다리다 잠든 아이 // 뒤채는 꿈결에서 / 자꾸자꾸 불러댄다 // 통통배 / 달려오는 소리에 / 번쩍 눈뜬 아침 해"

지금도 즐겨 부르는 동요 "엄마가 섬 그늘에 굴 따러 가면……"을 떠올리게 하는 시 「무인도」 전문이다. 그 동요와 같이 동시처럼 읽고 싶으나 묘사가 기가 막혀 제목처럼 '무인도'를 묘사한 절창으로 보면 더 좋을 듯싶은 시이다. 엄마를 기다리며 잠든 아이 같은 무인도를 자꾸 뒤채면서 출렁이는 밤 파도며 새벽 이른 시간 출어에 나선 배 소리에 떠오르는 아침 해 풍경 묘사가 참 개결하지 않은가. 어떤 삿된 생각 끼어들 틈 없이 해맑지 않은가.

"호미손이 캐어내는 알이 찬 효자 꼬막 / 뻘 배에 한 짐 가득 놀빛마저 싣고 나면 / 안테나 세운 방게도 제집 찾아 돌아간다"

제목처럼 벌교 갯벌 저녁 풍경을 묘사한 「저녁 벌교」 전문이다. 놀 지고 어둠이 내려 뻘 배에 수확물을 싣고 집으로 돌아가는 풍경 속에 귀소본능마저 담아내고 있는 시이다. 초장, 중장, 종장 각각에서 시간의 경과와 함께 한 풍경씩을 담아내며 시상을 역동적으로 전개하고 있다. 특히 "안테나 세운 방게"의 천진스러운 눈에 잡힌 치밀한 묘사가 그대로 귀소본능을 불러일으키는 종장이 압권이다.

"눈 내린 이 엄동에 너는 왜 느닷없이 // 수굿한 꽃을 피워 어찌할 줄 모르니 // 멧새가 날아간 하늘 눈빛조차 시리다"

엄동설한 속에 피어난 꽃을 바라보며 쓴 「사춘기」 전문이다. 초장, 중장은 그런 꽃을 바라보며 꽃에게 묻는 형식의 진술이고 종장은 한겨울 풍경 묘사이다. 이런 진술과 묘사가 어우러지며 꽁꽁 언 채 흰 눈에 뒤덮인 겨울의 개결한 서정을 낳고 있어 시편들 중 으뜸으로 읽힌다. 진술로만 가지 않고 묘사로 맺어 시상을 지 우주 속으로 확산시키는 솜씨가 가위 압권이다. 다만 왜 제목을 '사춘기'라 하여 그런 개결한 풍경 속에 뭔가 인위적으로 의미를 주려 했는지가 못내 찜찜하다. 그냥 겨울에 피는 꽃 이름이나 그것도 아니면 '무제'라 제목을 내걸었으면 더 나았을 것을.

"거봐 감기 걸린다고 / 밖에 가지 말랬잖아 // 얼굴이 홍

당무로 / 달아오른 아기 진달래 // 양지에 웅크려 앉아 /
종일 기침해댄다"

해학이 돋보이는 「꽃샘추위」 전문이다. 엄마가 아기를
타이르듯, 일찍 피어나 추위에 떨고 있는 진달래꽃을 보
며 안타까워하는 시여서 자칫 모성애며 뭐뭐 운운할 수도
있겠지만 이 시를 끌고 가는 마음은 동심이고 동심에 깃
들 수밖에 없는 놀고 싶은 마음, 유희며 해학이다. 천진스
러운 해학이 꽃샘추위마저 이렇게 재밌고 밝게 그리고 있
는 것이다. 이렇듯 이수자 시인의 시 세계는 우리네 본디
마음의 천진스러움, 동심에서 출발한다. 해서 시 세계가
밝고 맑고 재밌는 것이다.

따뜻한 해학으로 보듬어낸 우리네 삶과 사회의 속내

걸리고 업고 안고 나들잇길 나선 아낙
볕 쨍쨍 내리쬐는 따가움도 마다 않고
뭐 그리 좋은 일 있어 하얀 옥니 내보이나
―「옥수수」 전문

한여름 땡볕 아래 여물어가는 옥수수밭을 그리고 있는

시이다. 앞뒤 옆으로 주렁주렁 달린 옥수수를 자식, 옥수숫대를 아낙으로 보며 의인화해 그리면서도 참 해학적이다. 그렇게 많이 딸린 자식들 땡볕 아래 기르면서도 하얀 옥니를 내보이며 웃고 있다니.

우리네 삶 또한 이런 땡볕 아래 옥수수밭 같지 않겠는가. 그런 불지옥, 뻘 속에 대책 없이 내던져진 우리네 한계상황의 실존일지라도 시인의 시 세계에 들어오면 이렇게 살맛 나고 재밌어진다. 시인의 타고난 동심과 해학 때문에.

"지난날 잃어버린 식복을 되찾던 날 // 할머니 크게 한 번 하하하 웃으신다 // 효자가 따로 없다며 거울 보고 또 웃고"

「틀니」 전문이다. 이 시를 이끌고 있는 것은 오로지 동심이요, 해학이다. 다른 어떤 요소, 삿된 생각도 끼일 틈 없어 해맑다. 그렇다고 동시는 아니다. "효자가 따로 없다"는, 일상 흔하디흔한 말이지만 한 인생 살아낸 경륜 아니면 쓸 수 없는 구절이 들어 있기 때문이다. 살아가면서도 동심과 해학을 지키고 있기에 이리 맑은 시가 나오는 것이다.

"사랑싸움 누룩 빚고 화해로 고두밥 짓고 // 한 삼십 년 뽀글뽀글 숙성시킨 푸른곰팡이 // 파전을 곁들인 술상 장

97

맛비가 현絃 고른다"

해학이 돋보이는 단시조「막걸리」전문이다. 막걸리를 빚는 과정이 참 재밌다. 우리네 삶 또한 이 과정같이 싸움과 화해의 연속 아니겠는가. 그런 삶을 뽀글뽀글 숙성시키는 것이 바로 해학이다. 그런 해학적인 삶에는 궂은 장맛비 내리는 소리마저도 음악처럼 들릴 것이고.

"대관령 덕장에서 오도 가도 못한 명태 / 미라가 되어갈 때 간 맞추는 왕소금 눈 / 매서운 칼날 바람이 터진 곳을 꿰맨다 // 설익은 세상 소문 고독으로 숙성시켜 / 허리께 통증쯤은 두어 번 툭툭 치고 / 파열음 내리는 저녁 붉게 취한 눈빛들 // 엊저녁 폭음으로 생목 올라 뒤챈 아침 / 방망이질 아내 성화 주독을 다스리는 / 뜨끈한 북엇국 한 그릇 쓰린 속을 데운다"

세 수로 된 연시조「황태」전문이다. 위에서 살핀「막걸리」연장 선상에서 그대로 읽어도 좋을 시이다. 단시조「막걸리」한 장 한 장이「황태」에서 각각 한 수로 늘어난 시로 읽어도 될 정도로 연시조의 구성 미학도 제대로 갖추었다. 무엇보다 두 시를 관통하고 있는 것은 해학의 따스한 눈길이다.

첫 수에서는 명태가 한겨울 덕장에서 눈과 찬 바람을 맞아가며 얼었다 녹았다를 반복하며 황태가 돼가는 과정을 그리고 있다. 형태상 유사성으로 인해 눈이 왕소금같이 간을 맞춘다는 표현이 재밌다. 둘째 수에서는 오도 가도 못하고 갇힌 상태에서 미라가 돼가는 황태의 속내를 그리고 있다. 그 속내는 차츰 의인화돼가며 한세상 살아가는 우리네 속내와 일치돼간다. 마지막 수는 단시조 종장 구실을 하듯 맺는 부분. 그런 황태가 인간의 쓰린 속내를 풀어준다. 폭음으로 다친 속내를 풀어야 할 만큼 세상살이 간단치 않음이 이 시 속에는 들어 있다. 그러나 시인의 해학 정신이 북엇국이 되어 그런 마음들을 풀어주고 있지 않는가.

꽃! 이름을 부르자 한참에 몰려나와
머리띠 졸라매고 구호를 외치고 있다
이대로 살 수 없다며 반성문을 받겠다는

봄 여름 가을 겨울 사계절 명찰 떼어내고
공룡의 입속에서 뿜어져 나온 거대 불길
매캐한 연기가 난다 바삭바삭 목젖 탄다
―「기상이변」 전문

봄이 되자 한꺼번에 피어나는 꽃들을 그린 시이다. 산

수유, 매화 등 이른 봄꽃 피어난 다음 개나리며 진달래, 목련 등이 차례로 피어나는 게 자연의 이치이다. 꽃 피는 데에도 정해진 순서가 있는데 요즘은 한꺼번에 피고 져버린다. 물론 기상이변인 지구온난화 때문이다. 그런 기상이변을 탓하면서도 천진함과 해학을 잃지 않고 있는 시이다.

두 수로 된 연시조 「기상이변」, 앞 수에서는 일제히 피어나는 꽃들을 시위하는 군중으로 보고 있다. 지구온난화를 일으킨 우리에게 반성문을 받겠다고 꽃들이 머리띠 매고 구호를 외치며 시위한다고 한꺼번에 와자지껄 피어 터져 나온 모습이다. 앞 수는 시인이 화자인데 지구온난화 현상을 그리고 있는 뒤 수에서는 화자가 시인인지 꽃인지 분간하기 어렵다. 사계절이 분명했던 이 땅은 이젠 여름과 겨울만 있을 정도로 계절 구분도 없고, 대기는 매캐하여 목이 탄다.

이렇듯 지구온난화와 대기오염 등을 성토하는 시인데도 고발이나 날 선 비판의식보단 해학이 앞선다. 이런 시인의 천진스러운 해학은 오늘날 우리 사회와 시대의 소외되고 어두운 구석을 반성적으로 보고 있는 시에서도 여실히 드러난다.

날 선 비판의식에 앞선 민족 전통의 따뜻한 해학

하늘로 손을 뻗어 한 뼘 한 뼘 다가간다
쪽방촌 모서리 잠 눈곱등 밝혀놓고
밤이면 바람의 경전 온몸으로 읽는다

깨어진 거울 조각 달로 뜬 시장 골목
끈 풀린 안전화가 밥집 문 들어설 때
얼떨결 TV 화면에 부고 같은 김 씨 뉴스

빗물 괸 웅덩이마다 기름띠로 둘린 무지개
뚝뚝 잘린 마디들이 신음하는 시간 앞에
풀뿌리 아픔을 딛고 새살 밀어 올린다
—「마디풀」 전문

이번 시집 표제시도 세 수로 된 연시조이다. 마디마디
지으며 조금씩 위로 자라나 눈곱만 한 꽃을 피우는 잡초,
마디풀을 다룬 시이다. 도심 빈터나 보도블록 사이에서도
꿋꿋이 자라며 생명력을 과시하는 마디풀을 의인화해 소
외된 민초들의 고단한 삶을 떠올리고 있어 일종의 민중시
계열로도 읽힐 수 있다.

첫 수 초장에서는 하늘로 뻗어 오르는 마디풀의 생태를 그대로 묘사한다. 그러다 중장에서는 마디풀과 쪽방촌에서 모서리 잠을 자는 사람의 모습을 중첩시킨다. 해서 종장에서는 밤에 책을 읽는 것이 마디풀인지 쪽방촌 사람인지 모를 정도로 돼가고 있다. 대상으로서의 마디풀과 소외된 삶을 둘러보는 시인의 마음, 즉 경景과 정情이 묘하게 일치돼 정경이 교융하고 있는 수가 첫 수이다. 둘째 수에서는 민초들이 모여 사는 시장 골목을 다루고 있다. 깨어진 거울에 비치는 조각달, 끈 풀린 안전화, 부고 같은 김씨 뉴스 등에서 하루하루 고단하고 위태로운 민초들의 삶이 선명하게 떠오른다. 마지막 수에서는 다시 마디풀과 민초의 삶이 겹쳐지는데, 마디마디 신음 절로 나는 삶일지라도 "새살 밀어 올린다"며 희망을 잃지 않는다. 특히 초장 "빗물 괸 웅덩이마다 기름띠로 둘린 무지개"라는 묘사가 압권이다. 사실적으로 그리면서도 시궁창에도 무지개 뜨는, 흙탕물에서도 연꽃이 피는 희망의 전언을 담아내고 있지 않는가.

"오늘도 인간 거미 / 푸른 절벽을 오른다 // 목 적실 물 한 모금 / 딛고 설 틈 없지만 // 발밑엔 / 아득한 천길 / 결코 끈 놓지 않는 // 노동의 새벽바람 / 밧줄을 흔들어대도 // 지갑 속 가족사진 / 환히 웃는 응원에 // 힘겨운 / 촉수를 세워 / 넝쿨넝쿨 뻗어간다"

위에서 살펴본 「마디풀」같이 담쟁이를 의인화한 시 「담쟁이」 전문이다. 밧줄 하나에 생명을 걸고 고층 빌딩을 기어오르며 일하는 노동자를 담쟁이에 빗대 그린 시로 읽어도 좋을 만큼 담쟁이와 노동자를 일치시키며 우리네 소외되고 위태로운 삶에 희망을 불어넣고 있는 시이다.

「마디풀」이나 「담쟁이」 등의 시편들을 보면 박노해 시인의 『노동의 새벽』을 필두로 터져 나와 1980년대를 휩쓴 노동시들이 떠오른다. 당시의 노동시들은 노동자들의 억눌린 삶을 적개심을 갖고 다루었다. 그러나 이수자 시인의 그런 시편들에는 적개심이 없다. 그들과 우리를 이분법적으로 나눠 그들을 비판, 고발, 타도하려는 적대의식이 없다. 고공에서 밧줄 하나에 생명을 건 노동일지라도 "지갑 속 가족사진 / 환히 웃는 응원" 같은 동심의 천진스러운 상상력과 해학이 있을 뿐이다.

판소리 등에 흔한 우리 빈소들의 전통 비판 미학인 해학은 저 서양의 풍자와는 다르다. 풍자가 상대에 대한 날선 비판에 목적이 있다면 해학은 서로 감싸 안고 웃으며 풀어버리는 풀이굿이나 씻김굿 같은 것이다.

"핵보다 더 무서운 // 최신종 바이러스 // 광마우스 지시 따라 // 허둥대는 인간 군상 // 손안의 // 금단현상에 // 밤이 실종되었다"

단수 시조 「인터넷」 전문이다. 인터넷 서핑을 하며 밤을 새우는 현대인들을 그리고 있다. 마우스의 지시를 한시라도 따르지 않으면 금단현상이 일어나는, 시인 자신을 포함한 현대인들의 인간으로서의 정체성을 반성하는 시이기도 하다.

"철 대문 꼭꼭 잠근 길가의 네모난 집 / 표정도 없는 얼굴 하늘빛도 수상하다 / 우울한 오늘 암호는 동전 혹은 지폐다 // 그 집의 초인종은 언제나 경쾌하다 / 목줄을 타고 넘다 울컥 멎는 웅어리로 / 진갈색 전율이 인다 보고 싶다 문득 네가 // 날刃 세운 겨울바람 채 써는 삶 행간 앞에 / 손끝을 데워가는 일회용 따끈함이 / 어둠은 도시의 새벽을 가뿐가뿐 엎는다"

세 수로 된 연시조 「커피 자판기」 전문이다. 자판기에서 커피 한 잔 뽑아 마시는 과정과 심사를 그린 시이다. 첫 수에서는 자판기의 형상을 수상하게 보고 우울한 심사를 드러내지만 이어지는 수들에서는 이내 그런 자판기 커피에 중독돼가는 시인을 재밌고 따뜻하게 그려나가고 있다.

인터넷과 자판기 등 현대 문명에 속절없이 굴복해가며 인간성을 잃어가고 있는 사회를 반성하고자 쓴 시편들이

지만 비판의식은 어디에서도 찾아볼 수 없다. 그냥 재밌게 보여주고 있을 뿐 비판과 반성은 독자 몫으로 돌린다. 시가 이렇게 독자들을 이끌지 않고 천진스럽고 해학적으로 보여만 줄 때 그 공감력은 더욱 커진다.

"몇 년째 묵힌 농지 자연은 어찌 알고 / 씀바귀 쇠뜨기 풀 뿌리 내린 억척 질경이 / 원래의 자기네 땅을 돌려받고 있었다 // 밟지 마라 함부로 예쁜 등불 꺼질라 / 영역을 지키느라 펄쩍 뛰는 금개구리 / 보라색 문양을 새긴 자운영이 흔들린다"

두 수로 된 연시조 「잡초밭」 전문이다. 농사를 짓다 버려둔 묵정밭이 저절로 자연으로 돌아가듯 자연은 자연대로 놔두란 것이다. 뭐라 훈수나 비판을 하지 않아도 자연은 저절로 저리 예쁘고 생명력 있게 회복되는 것을. 삿된 마음 없이 마음에서 우러난 대로, 본 대로 쓴 시들이기에 우리의 작금의 사회나 삶을 반성하고 있는 시들에서도 자연스러운 공감을 얻나.

삶의 깊이까지 자연스레 떠올리게 하는 천진스러운 시법詩法

첫새벽 등에 업고

절벽 끝 밟고 서면

돌갓 쓴 부처바위

실눈을 번쩍 뜨고

뭐하러

올라왔냐고 바람 매로 내리친다
－「갓바위」전문

　행과 연 갈음을 자유스럽게 해 언뜻 보면 자유시 같은
이 시는 단시조이다. 나도 대구 팔공산에 있는 갓바위를
보러 힘겹게 올라간 적이 있다. 부처상을 한 바위가 학사
모 같은 바위 갓을 쓰고 있는 탓일까, 입학시험 시즌이면
수험생 부모들이 염불을 외며 깎아지른 오르막길을 줄줄
이 올라와 예불을 드리곤 하는 갓바위 부처님이다.
　시인은 그렇게 갓바위를, 그것도 첫새벽에 찾아 올라가
뵈었지만 부처님은 "뭐하러 // 올라왔냐고" 후려치기만
하더란 것이다. 한 행 한 연으로 독립시킨 "뭐하러"가 이

시의 주제. 도대체 뭐하려고 사느냐, 삶은 무엇인가를 묻고 있는 시이다. 그게 뭐라는 답은 없고 내리치는 죽비처럼 삶, 실존은 무엇인가 하는 질문을 독자들에게 던지는 시이다. 시인의 천진스러운 눈은 이렇게 대상에서 인생, 삶의 깊이를 보아내기도 한다.

"태풍이 휩쓸고 간 뒤 더듬듯이 산책 나온 / 굽은 등 자질하며 허공을 가늠한다 / 몇 번을 허리 꺾어야 머물 곳에 이를까 // 무리 속 고개 내민 완장 같은 명예도 / 쓰일 곳 없는 생각 경계마저 허물어놓고 / 오로지 멀고 짧음을 맘에 두지 않는다 // 저더러 왜 사느냐 물어보지 말란다 / 하루해 있을 동안 어디든 가야 한다는 / 비췻빛 가을 하늘에 담시 한 줄 쓰고 있다"

세 수로 된 연시조「자벌레 성자」전문이다. 자벌레를 성자聖者로 의인화해 그리고 있다. 자벌레에 시인을 빈틈없이 투사하고 있어 시인의 속내로 읽히는 시이기도 하다.

사회적 명분도, 이리저리 구분하는 생각들도 없이 그저 살아가는 삶이 바로 성자의 경지 아니겠느냐는 깨달음을 그 하찮은 자벌레한테서 얻고 있다. 동심, 자연스럽고 천진스러운 우리네 마음 본디가 분별력 없이 이렇게 즉물적卽物的인, 즉자적卽自的인 삶에 이르게 하고 있는 것이다.

분별력에서 우러나는 아무 근심 걱정 없이.

"나에게 또 하루를 선물한 이 누군가 / 채 써는 초침으로 티끌 된 시간 앞에 / 생각의 양념 버무려 가만가만 먹는다 // 추억 따윈 목에 한낱 둘러진 치장이다 / 미지의 내일이란 안개 속 미로일 뿐 / 풀숲에 벌레들마저 왠지 바삐 울어댄다 // 쓸모없는 것이란 세상에 하나 없고 / 물줄기 고삐 잡고 어디론가 흘러가면 / 어느덧 안식처에서 차 한 잔을 들겠다"

삶과 세상에 대해 깨어가는 과정을 세 수에 담은 연시조 「오늘에게」 전문이다. 첫 수에서는 "생각의 양념 버무려 가만가만 먹는다"며 지난 일들에 대한 상념에 빠져 사는 우리네 일상을 드러내고 있다. 그러다 둘째 수에서는 "추억 따윈" "치장"이고 "내일이란 안개 속 미로"라며 추억과 예감을 버무린 상념들의 쓸모없음을 깨닫는다. 해서 마지막 연에서는 그냥 물 흐르듯 사는 게 최고의 선上善若水이라는 도교道敎의 '무위자연無爲自然'에 이른다. 물처럼 자연스레, 천진스레 흐르는 게 제일 나은 삶이라는 것도 시인의 천생의 동심이 이끈 결론일 게다.

처마 밑 들락대며 자리 잡은 하늘 금붕어

솔바람 목탁 소리 밤낮 익혀 득음했는지

저 혼자 댕강거리며 고요의 바다 가고 있다
　　-「풍경風磬」전문

　　이 시조 단수 참 예쁘고도 깊다. 동시적 발상이 예쁘면서도 그 천진스러운 생각이 풍경에 맞닿으니 한없이 깊고 그윽한 우리네 삶 자체를 퍼 올리게 한다. 절집 처마에 걸린 풍경을 수많은 시인들이 시화詩化했음에도 이렇게 죄 없이 맑고 깊은 시는 만나기 어려웠다. 종장 "저 혼자 댕강거리며 고요의 바다 가고 있다"라는 결구. 모든 생각, 욕심 다 내려놓고 풍경을 풍경에게 돌려주는 경지에서나 가능한 표현 아닐 것인가. 이런 즉물적, 즉자적 삶의 역동성과 함께 아득하고 그윽한 우리네 삶의 깊이까지 느껴지지 않는가.

　　이런 경지를 시인은 농심에 기내 아주 자연스레 인구고 있다. 깨달음의 정적인 경지가 아니라 동심과 해학에서 우러났기에 개구쟁이들의 짓거리같이 재밌고 역동적인 시를 일궈내고 있는 것이다.

　　이수자 시인은 시집을 펴내며 자신의 시편들이 '서툰 목소리', '거친 발성'이 아닐까 염려했다. 그러나 아니다.

동심에서 흘러나온 천진스러운 발상과 해학이 이번 첫 시
집부터 벌써 시인만의 개성적인 시법을 이루고 있다. 여
기저기 눈치 보지 말고 당당하게 이리 맑고 밝은 시의 길
걸어 큰 시인 되시길 빈다.

마디풀

—

초판 1쇄 2016년 10월 13일
지은이 이수자
펴낸이 김영재
펴낸곳 책만드는집

주소 서울 마포구 양화로3길 99 4층 (04022)
전화 3142-1585·6
팩스 336-8908
전자우편 chaekjip@naver.com
출판등록 1994년 1월 13일 제10-927호
ⓒ 이수자, 2016

ISBN 978-89-7944-581-7 (04810)
ISBN 978-89-7944-354-7 (세트)